Hoe ik onderdanig werd

Erotische Domination-collectie

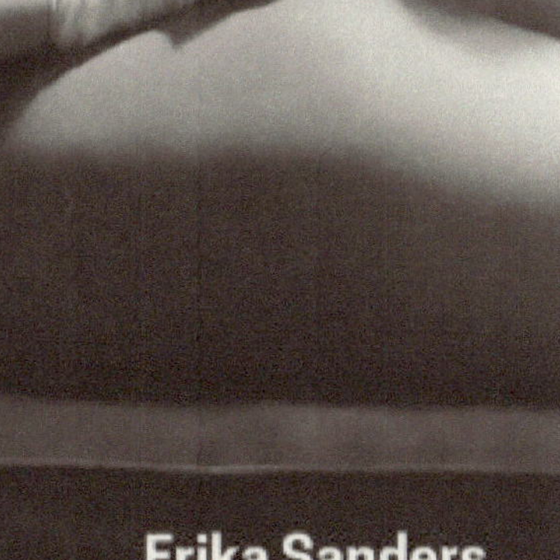

Erika Sanders

Hoe ik onderdanig werd

Erika Sanders
serie
Erotische Domination-collectie

Samenvatting

In dit verhaal vertel ik je hoe ik de sensaties van onderdanig gedrag in een seksuele relatie begon te onderzoeken.

Ik hoop dat je het leuk vond hoe ik van de ervaring heb genoten en je erover kunt vertellen.

Hoe ik onderdanig werd is een roman met een hoog erotisch BDSM-gehalte en wederom een nieuwe roman uit de **Erotische Domination-collectie**, een serie romans met een hoog romantisch en erotisch BDSM-gehalte.

Noot voor de auteur:

Erika Sanders is een internationaal bekende schrijfster die, afgezien van haar gebruikelijke proza, haar meest erotische geschriften signeert met haar meisjesnaam.

https://www.instagram.com/erikasamanthasanders/

Inhoudsopgave:

HOE IK ONDERDANIG WERD
ERIKA SANDERS

HOOFDSTUK I

Ik jammerde en huiverde toen ik wakker werd.

Ik probeerde me op mijn buik te rollen, maar mijn armen waren over mijn hoofd gedrukt en mijn polsen waren samengebonden.

Mijn benen bevonden zich in een vergelijkbare situatie, samen gestrekt, terwijl ik op mijn rug op het bed lag met mijn enkels vastgebonden.

Het was waarschijnlijk de eerste keer dat mijn benen in uren werden gesloten.

Ik vroeg me af hoe lang hij me liet slapen.

Een diepe lach kwam van boven.

Ik bewoog mijn hoofd naar links en toen naar rechts, maar kon niets zien omdat ik geblinddoekt was.

"Sst, sst, sst."

Ruwe, zweterige vingers liepen lichtjes over mijn wang en ik huiverde.

'Je ziet er zo mooi uit, Erika, mijn liefste. Ontspan nu maar.'

Ik sloot mijn ogen alsof dat verschil zou maken en haalde diep adem.

Ik werd een beetje beverig en probeerde het opnieuw.

Toen ik kon in- en uitademen zonder dat mijn lichaam trilde van het constante contact en de verborgen beloften in zijn stille volgorde, draaide ik mijn hoofd opzij, mijn wang rustend op mijn linkerschouder.

"Dat is een braaf meisje."

Zijn vingers liepen langs mijn nek en toen sloeg zijn warme hand om mijn wang.

Een zoete geur drong mijn neus binnen.

Het was de geur van opwinding op haar huid en mijn opwinding.

Ik was het aantal orgasmes kwijt dat ik had gehad sinds ik hem had ontmoet.

Meer recentelijk had hij lui mijn poesje en clitoris gestreeld met dezelfde vingers waarmee hij me nu aanraakt, totdat ik een puinhoop werd van draaiende ledematen en lichamen.

Na het hardlopen had ik mijn polsen en daarna mijn enkels vastgemaakt terwijl ik in slaap viel.

Misschien is dit het moment om de juiste introducties te krijgen.

Ik ben Erika.

Ik ben een ondergeschikte, een onderdanige.

"Hij" is Ben, mijn meester of Dom.

We hebben elkaar twee jaar geleden online ontmoet op een plek waar mensen met perverse seksuele verlangens elkaar ontmoeten om openlijk te praten over interesses die algemeen bekend staan als fetisjen.

Ik ben nog nooit met iemand geweest die mijn fetisjen deelde.

Tuurlijk, ik heb veel seks gehad.

Maar het was altijd wat wij perverse mensen 'papperig' noemen: directe seks in normale posities.

Soms begonnen we om negenenzestig als we allebei tegelijk wilden komen om mondelinge uitspraken te geven en te ontvangen.

Maar ik heb nog nooit iemand gehad die me controleerde en vertelde wat ik moest doen.

Of wat je in andere gevallen niet moet doen.

Om nog maar te zwijgen van slavernij, hoe klein die ook mag zijn in onze relatie.

Ik was ook een beetje nieuwsgierig naar de obsessie die mensen hadden met slaan.

Ze was in het begin verlegen geweest, vooral na onze eerste persoonlijke ontmoeting.

Het was maanden geleden voordat ik besloot om Ben persoonlijk te ontmoeten.

De eerste keer dat ik van hem hoorde, was in een discussiegroep op de website.

Ik was een discussie begonnen om te praten over de juiste manier om een orgasme uit te stellen terwijl mijn partner op reis was en mijn eigen handen wilde gebruiken om de klus te klaren.

Ik had gehoord dat uitgestelde bevrediging erg opwindend was, dus ik dacht dat ik het zou proberen terwijl ik aan het oefenen was.

Ben was de 11e persoon die op mijn thread reageerde en de enige man.

Ik miste je opmerking bijna tussen alle vrouwen die me advies gaven ... en met me flirtten ondanks mijn "hetero" status op mijn profiel.

Wat het meest opviel, was zijn foto.

In tegenstelling tot de foto's op de profielen van de meeste mannen met wie ze had gesproken of geraadpleegd op zoek naar potentiële seksuele partners, was Ben op zijn foto niet naakt, noch werd er een foto van een andere onbekende jongen van internet gedownload. .

Het leek meer op een potloodtekening van een leeuw met een klein slapend lammetje tussen zijn grote poten.

Later kwam ik erachter dat Ben het zelf had getekend.

Hij was een beschermer en dat was wat hij nodig had.

HOOFDSTUK II

Onze relatie ontwikkelde zich langzaam en langzaam omdat we allebei onze respectievelijke partners hadden.

Een snel privébericht hier of daar.

Een opmerking over een soortgelijk onderwerp of een onderwerp dat een van ons in een groep is begonnen.

En toen gingen we naar de chatrooms.

Met het gesprek kwam het plagen en flirten en tenslotte het cyberseksspel.

Na ongeveer acht maanden stelde hij voor om persoonlijk te ontmoeten.

Onze rollen waren vanaf het begin duidelijk gedefinieerd.

Hij wilde de controle hebben en ik wilde gecontroleerd worden.

Niet altijd in fysieke zin, maar soms ook mentaal, soms in woorden.

Oh de kracht van woorden.

Ik heb geleerd om orgasmes te krijgen zonder een enkele aanraking.

Weten waartoe mijn lichaam in staat was ...

De stem van iemand anders kan zo'n grote impact op mij hebben ...

Het was geweldig.

Ik herinner me nog goed de dag dat we elkaar persoonlijk ontmoetten.

Ze was zenuwachtig geweest en had in het restaurant op Ben gewacht en in een kast gezeten, weg van de rest van de klanten.

Het beleg was een van zijn eerste bevelen geweest.

Dat waren de kleren die ze droeg: een rode top en een zwarte broek.

De eerste toonde royaal de splitsing tussen mijn borsten en de tweede benadrukte mijn billen.

Ik was aan beide kanten goed uitgerust en pronkte er graag mee, maar het liet toch veel aan de verbeelding over.

Ben had me gezegd mijn haar terug te doen.

Ik had besloten mijn blonde haar te vlechten in plaats van het los te laten in een paardenstaart.

We hadden persoonlijke foto's uitgewisseld, zodat ik een idee kreeg van hoe het eruit zag.

Maar toen hij de tafel naderde, 1:80 of 1:90, en ongeveer 200 pond woog in een duidelijk imposant lichaam, hapte ik naar adem.

Hij was prachtig.

Heel mooi.

Tenminste voor mij.

Hij had net als ik een beetje overgewicht, maar het was niet erg duidelijk.

Perfecte maat om te knuffelen.

Zijn zwarte poloshirt benadrukte zijn dikke armen en ik kon niet wachten tot hij me erin wikkelde.

Haar haar was donker en hoewel het kort was, had het een natuurlijke golf die het wat textuur gaf.

Ik had mijn handen van mijn schoot en wilde instinctief mijn vingers door deze prachtige lokken halen.

Maar een flits in zijn ogen waarschuwde me om de verleiding te weerstaan.

Oh die ogen.

Ze waren ook donker en kwamen overeen met het chocoladebruine van haar haar.

En ze concentreerden zich recht op mijn mond.

Ik sloot mijn mond, realiseerde me plotseling dat ik gapend stond en lachte naar hem.

Toen hij naar me glimlachte, lichtten die ogen op en smolten bijna mijn ingewanden.

Ik was blijven zitten toen hij zich voorstelde en zijn hand uitstak om de mijne te schudden.

Het was mijn eerste persoonlijke onderwerping aan hem.

Na die presentatie was mijn leven nooit meer hetzelfde geweest.

HOOFDSTUK III

We wachtten tot onze zesde date voordat we een kamer binnengingen, maar zelfs toen begonnen we, ondanks onze online ontmoetingen, opnieuw.

Het was gewoon niet hetzelfde, vooral niet voor iemand zoals ik die dit nog nooit eerder had gedaan.

Ik heb het over ongemakkelijk voelen.

Maar Ben was en is een heel geduldige meester.

Hij nam de tijd voor me en leerde me hoe het allemaal was en hoe de touwen werden gebruikt.

Nou, het kwam pas een paar maanden later, maar je weet waar ik het over heb.

Vanavond was eigenlijk mijn idee.

We hadden het druk vanwege ons werk en onze respectievelijke relaties, maar toevallig hadden we allebei een weekend vrij.

In de loop van onze vreemde relatie hebben we uitvoerig over onze eigen geheime verlangens gesproken.

Sommige hadden we nog nooit eerder gedeeld, zelfs niet op de website die we ontmoetten.

Ik voelde me klaar om deel te nemen aan een van mijn projecten, en Ben wilde dat ik die ervaring zou opdoen.

Ik hield mijn adem in en wachtte op zijn antwoord.

Als mijn meester had ik het volste recht om te weigeren.

Maar uiteindelijk deed hij dat niet.

Hiervoor had ik hem mijn kont laten neuken, een van mijn zachte grenzen, als dank.

En hij had het heel aangenaam gemaakt.

Genoeg dat ik erover nadacht om deze positie helemaal van mijn limietenlijst te schrappen.

Hoewel ik met mijn wens instemde, wist ik dat ik geduld moest hebben voordat Ben zou beslissen of het zou gebeuren.

Het had een paar weken geduurd voordat hij de beslissing nam.

Ik was bang dat hij van gedachten was veranderd, maar die ochtend ontving ik een eenvoudig sms-bericht met de tekst:

'Dit is je kans. Om drie uur' s middags bij mij thuis. '

En zo begon onze ontmoeting vroeg.

Ik was van vrijdag tot nu letterlijk tien keer geneukt en genoot van elk moment.

En hoewel ik helemaal verzadigd en pijnlijk was, verwachtte ik nog steeds wanneer Ben zijn belofte zou nakomen.

Ik twijfelde er niet aan, maar we hadden het hele weekend en het was alleen zaterdagavond.

HOOFDSTUK IV

En daarom ben ik hier zo.

Het gevoel en toen de smaak van zijn duim die langs mijn lippen streek, brachten mijn gedachten terug naar het heden.

Ik kreunde toen hij zijn vinger in mijn mond stak en die tegen mijn tong en tanden wreef.

Toen duwde hij het naar binnen en naar buiten.

De rest van mijn lichaam huiverde en hij was jaloers dat hij me nergens anders aanraakte dan mijn gezicht.

Toen ik echter op zijn duim begon te zuigen, werden mijn tepels en onderste spieren strakker.

Alleen al deze simpele beweging van zijn kant maakte me opgewonden.

Nou, dat en mijn gebrek aan controle omdat ik vastzit.

Om nog maar te zwijgen van het feit dat ze ook helemaal naakt was.

'Maak open, Erika.'

Hij pakte voorzichtig mijn kin vast en trok me naar beneden.

Ik wist wat ik kon verwachten voordat ik voelde dat hij het puntje van zijn pik tegen mijn lippen drukte.

Ik stak mijn tong uit om het te proberen.

Ze had al eens eerder aan zijn pik gezogen, maar deze keer zat ze op de grond tussen zijn benen geknield, haar handen geboeid achter haar rug.

Hij had mijn vlecht om één hand gewikkeld en hield me stevig vast terwijl hij snelheid en diepte controleerde.

Uiteindelijk liet hij mijn handen los om door iedereen op mijn borsten te worden gestreeld.

Ik zou de hele dag kunnen doorbrengen met zijn multitexturale lul in mijn handen.

Weer kon ze het alleen met haar mond aanraken.

En het had het voordeel dat het boven mij stond.

Ik kokhalsde een paar keer toen hij dieper probeerde te gaan, maar verder begon het als een milde pijpbeurt.

Ik vond het heerlijk om de dikke stijfheid van zijn pik tegen mijn tong te voelen glijden.

De punt streek langs mijn nek.

De huid was zo zacht toen hij eraan zoog.

Zijn algemene hardheid drukte tussen mijn lippen, bedekt met mijn speeksel en zijn voorvocht.

Ik concentreerde me op het ademen door mijn neus.

Ik wou dat ik de uitdrukking op haar gezicht kon zien.

Ik wist dat het midden van haar wenkbrauw fronste terwijl ze zich concentreerde op het genieten van haar en ervoor zorgen dat ze zich op haar gemak voelde bij de mijne.

De blinddoek beperkte mijn blik destijds echter.

Dus in plaats daarvan stelde ik me haar gezicht voor, haar gespannen lichaam.

Hij legde beide handen op de zijkant van mijn hoofd en hield me stil terwijl hij langzaam in en uit mijn mond pompte.

'Kreun voor me, lieverd.'

Ik gehoorzaamde, wetende dat hij dol was op de trilling die mijn geluid op zijn staart maakte.

En al die tijd bewogen mijn borsten zachtjes terwijl hij me tegen de zijkant van het bed wiegde.

Ik nam tenminste aan dat hij naast het bed stond.

Uw stevige dijen moeten bij elke duw de rand van de matras hebben geraakt.

Anders was er geen andere logische verklaring voor het vinden van de juiste hoek om het aan te sluiten.

Een paar minuten gingen voorbij voordat het plotseling stopte.

Hij wist wat er zou komen.

'Haal diep adem, schat. Allemaal voor jou.'

Toen duwde hij zijn hele lul erin totdat ik mijn neus tegen zijn groep dikke krullen drukte.

Zijn ballen nestelden zich onder mijn kin.

Zuchtend sloot ik mijn lippen om zijn pik.

Onder de geur van zweet en seks waren er sporen van sandelhout.

Hij sproeide altijd wat van haar eau de cologne rond de basis van zijn pik voordat hij hem een pijpbeurt gaf.

We ontdekten dat het de plot voor mij aangenamer maakte.

Een fijne afleiding als hij lange tijd zijn neus in de lies stak.

Na een paar klappen, klemde zijn handen zich op mijn hoofd en viel hij stil.

Zijn lul schokte even voordat de warme vloeistof mijn mond vulde.

Plots verschenen er tranen langs de randen van mijn ogen en ik jammerde.

'Slik het door, schatje. Je bent een braaf meisje.'

Ben gromde een paar keer en ik probeerde niet over te geven toen hij klaar was.

Er was een licht "plop" -geluid toen het uit mijn mond trok.

Hij liet mijn hoofd los en ik voelde de warmte van zijn aanwezigheid wegebben.

Een hand keerde terug naar de achterkant van mijn hoofd en ondersteunde hem terwijl ik hem omhoog tilde.

"Open het."

De smaak van de frisdrank was koel en aangenaam toen ik hem om mijn lippen deed en door mijn keel liet glijden.

Ik was niet erg geïnteresseerd in het doorslikken van het sperma, maar ik deed het voor hem.

En hij beloonde me daarna altijd met een frisdrankje.

Ik hield er daarom van.

HOOFDSTUK V

Hij hield mijn hoofd achterover en streelde mijn wang.

Zijn hand vond mijn borst en streelde die

Een duim streek langs mijn tepel en deed me kreunen.

Toen leunde hij voorover en streek met zijn lippen over de mijne.

Zijn adem was warm toen hij sprak.

'Je was zo goed vandaag, Erika. Ik denk dat je een kleine beloning verdient. Zou je dat leuk vinden?'

Ik had moeite met slikken omdat mijn hartslag versnelde.

"Als ik liefheb."

"Zeer goed."

Hij liet het verband om en mijn polsen vastgebonden, maar niet meer aan het hoofdeinde van het bed.

Hij knoopte mijn enkels los en masseerde ze terwijl hij de manchetten verwijderde.

Daarna hielp hij me rechtop te gaan zitten en op het bed te gaan liggen, zodat ik op een kussen en het hoofdeinde rustte.

Het voelde zo goed om aangeraakt te worden, hoe kort het ook was.

Het zou nog beter voelen als hij kon staan.

Mijn rug werd steeds een beetje stijf nadat ik te lang in dezelfde houding had gezeten.

Ik hoorde Ben's voetstappen terwijl hij met zijn blote voeten over het tapijt schuifelde.

De deur kraakte toen hij openging.

De stille klik als je hem weer sluit.

Een gerinkel van metaal als een riem kwam los.

Een ritssluiting bekrast toen deze werd neergelaten.

Ik hoorde iemand zich uitkleden.

Er werden geen woorden met mij gewisseld, maar die waren niet nodig.

Ik was een beetje blij.

Ik was bang dat als een van hen met me zou praten, ik van gedachten zou veranderen.

Ik concentreerde me weer op ademhalen.

Langzaam naar binnen.

Stap langzaam uit.

Mijn polsen lagen op mijn schoot.

Ik stak mijn vinger uit en speelde met het korte haar dat nog op mijn poesje zat.

Het hielp een beetje, het leidde me af en het wond me ook op.

En dat laatste zou hij zeker nodig hebben voor wat er ging gebeuren.

HOOFDSTUK VI

Toen een grote hand mijn rechterborst tot een kom vormde en hem streelde, hapte ik naar adem.

Het bed bewoog terwijl er iemand aan mijn linkerkant zat.

Een andere mannenhand omhulde mijn linkerborst, dit keer kneep hij.

"Relax, Erika."

Het gefluister van Ben in mijn rechteroor deed me huiveren.

Ik hield mijn hoofd schuin naar zijn stem en hij beloonde me door zijn tong in mijn mond te drukken terwijl hij me kuste.

Mijn hoofd bewoog naar het zijne terwijl hij wegliep.

Kreunde ik.

Ik wilde zo veel meer.

"Leg je hoofd achterover, schat."

Ik gehoorzaamde.

Ik sloot mijn ogen, omhelsde de sensaties die mijn zenuwen deden oplaaien en zette mijn frustraties opzij.

Een hand streelde nog steeds elk van mijn borsten, een duim streek af en toe over mijn tepel.

Nu bewogen de vingers aan beide kanten op en neer langs de achterkant van mijn nek.

Een kreun ontsnapte toen twee paar lippen tegen mijn kin drukten.

Toen twee tongen lichtjes mijn huid raakten en langs mijn kaak liepen.

Toen zijn adem mijn oren bereikte als een hete bries.

Het kussen achter me ondersteunde mijn nek terwijl ik mijn hoofd verder naar achteren kantelde.

Het werd moeilijk om passief te blijven.

Ik vocht meestal niet tegen Ben, tenzij hij natuurlijk zei dat ik kon antwoorden.

Maar nu met twee geliefden?

Ik beheerste mezelf heel erg, maar mijn vingers draaiden in mijn schoot toen mijn tepels plotseling bekneld raakten.

Mijn lichaam kronkelde toen mijn vingers mijn poesje raakten en ik werd geslagen.

'Geduld, schat. Geduld. Die stille vingers.'

Ik likte mijn lippen bij het teleurstellende geluid van Bens stem.

Ik wist uit ervaring dat hij het een beetje zou verbeteren en er geleidelijk mijn plezier uit zou halen.

Hij genoot echt van het sensationele spel en hij kende het heel goed.

Het was mijn straf voor ongehoorzaamheid.

Ondanks mijn nieuwsgierigheid ontdekten we dat ik echt niet van slaan hield.

Maar mijn angst om los te breken, in te houden ... en een pak slaag herinnerde me er altijd aan om me goed te gedragen.

In ieder geval tot de volgende keer.

Iemand hief mijn nog steeds geboeide handen op en legde ze achter mijn hoofd.

Ik moet een show voor haar zijn: naakt, geblinddoekt, handen achter mijn hoofd, mijn armen als vleugeltjes.

Mijn nieuwe houding duwde mijn borsten naar voren, en ik hapte naar adem toen een mond een tepel haalde en zoog voordat de eigenaar om de beurt zijn tong bewoog en aan zijn tanden knabbelde.

Hetzelfde proces herhaalde zich in mijn rechterborst.

Ik kon zien dat het Ben was, want hij was een beetje harder voor de tanden.

Hij kende mijn grens tussen plezier en pijn.

Ik haalde nu even diep adem, want ze knabbelden alleen met hun mond aan mijn borsten.

Zijn acties op mijn tepels reisden echter diep en rechtstreeks naar mijn poesje en verwarmden het.

Ik concentreerde me op de geluiden van zijn zwaar ademhalen en nat zuigen.

Ik pakte mijn vlecht met beide handen vast en was dankbaar dat ik iets kon vasthouden.

"Nou, Erika!"

Ik schreeuwde terwijl ze allebei in mijn tepels beet en een orgasme me doorboorde.

De enige gedachte in mijn gedachten was dat ik vloog.

Ik laat de greep op mijn haar los en laat mijn hoofd weer op mijn schouder rusten.

Hijgend voelde ik de douche langzaam zakken.

Twintig vingers gleden nu over mijn zij en buik, af en toe over de onderkant van mijn borsten.

Het was de hemel.

Mijn adem stokte toen de vingers langs mijn heupen naar beneden gingen en vervolgens langs mijn dijen.

Ze trokken voorzichtig mijn benen uit elkaar en trokken verder naar het zuiden naar mijn knieën, schenen en voeten.

Ze gleden langs de binnenkant van mijn benen op de terugweg naar het noorden.

Terug op mijn knieën tilden ze mijn benen op zodat mijn voeten plat op het bed lagen en ik me naakt en kwetsbaar voelde.

Ben had dit vrij vaak gedaan, meestal voordat hij bovenop me viel om aan mijn klit te zuigen en me met zijn tong te neuken.

Maar ik had geen idee wat ik nu kon verwachten.

HOOFDSTUK VII

Lange tijd gebeurde er niets.

Niemand heeft me aangeraakt.

Absoluut.

Ik begon weer normaal te ademen toen een vinger over mijn clitoris streek.

Jammerde ik.

'Beweeg je niet, Erika.'

Ben's stem was laag en serieus.

Ik beet op mijn lip en onderdrukte een kreun.

Ik wilde mijn lichaam naar die vinger buigen en die intieme aanraking weer voelen.

In plaats daarvan drukte ik mijn hoofd tegen het kussen en mijn spieren spanden zich om mijn lichaam stil te houden.

Maar het was onmogelijk om niet te reageren toen een vinger helemaal tussen de gezwollen plooien van mijn kutje dook.

En toen lag er een hand op elke knie die mijn benen uit elkaar hield terwijl meer vingers me verkenden.

Wrijven.

Beroerte.

Speel.

Een luide kreun ging over mijn lippen toen een vinger in me zakte.

Dan een andere.

En nog een totdat er minstens vier vingers in en uit waren en me openden.

Ik was erg gevoelig na de laatste paar uur dat Ben en ik samen hadden gespeeld.

Ik wilde haar vragen te stoppen.

Maar dat zou ook het einde van mijn verbeelding betekenen.

Ik was niet klaar om de handdoek in de ring te gooien.

Nog niet.

Tot dusverre hadden we dit weekend alle standaardposities met onze eigen rotaties gedaan.

Ik leunde over het bed op mijn buik met mijn voeten op de grond, mijn handen op mijn rug gebonden, terwijl Ben me vastpakte en aan mijn vlecht trok als een riem.

De missionaris met zijn knieën boven zijn hoofd, mijn lichaam in tweeën gebogen zodat ik zijn dikke lul bij elke klap in en uit me kon zien glijden.

Berijd me weer een cowgirl-type met mijn handen op mijn rug.

De omgekeerde cowgirl met haar pik in mijn reet.

Negenenzestig met mij beneden zodat Ben de diepte van zijn pik in mijn mond kon beheersen, soms zo diep dat hij verslikte.

Tussen deze posities, als ze niet sliep van uitputting, gebruikte ze vibrators en dildo's om orgasmes te behouden.

Hij blinddoekte me niet de hele tijd, maar toen hij dat deed, werd de opwinding echt groter.

Het vergde een ander niveau van controle en zorgde ervoor dat ik mijn andere zintuigen vertrouwde.

Ondanks het ongemak dat ik wakker werd na alle seks, wachtte ik op het einde van mijn fantasie.

Plotselinge trillingen schudden mijn lichaam toen de constante liefkozingen van de twee mannen me weer naar de rand brachten.

Toen trokken ze plotseling hun vingers uit, waardoor ik me leeg voelde.

Mijn geest was op dat moment een beetje afgeleid.

Even dacht ik dat ik op een boot was die in de oceaan schommelde.

Toen merkte ik dat ze me in beweging brachten en tegen het bed op kruipen.

Iemand drukte haar lippen even tegen de mijne en ik hoopte dat het Ben was.

Ze lieten mijn armen zakken en verwijderden mijn boeien.

Beide mannen masseerden mijn armen van vingers tot schouders en weer terug.

"Ga op je knieën en buig voorover."

Toen ik Ben gehoorzaamde, voelde ik hem achter me kruipen en zijn benen aan weerszijden van me leggen.

Voor mij was een muur van harde spieren.

Het was heet toen mijn wang tegen haar aan drukte en twee sterke handen mijn schouders vastgrepen en me vasthielden.

Onder me voelde ik de zachte punt van een harde pik in mijn borsten prikken.

'Haal diep adem, schat. Dat is het.'

Een kreun ontsnapte toen ik de vingers van Ben van achteren over mijn poesje voelde strelen.

Hij duwde er minstens twee in me en draaide ze een paar keer rond mijn clitorisgebied voordat hij ze eruit trok om mijn vocht rond mijn kont te wrijven.

Ik jammerde weer en beet op mijn lip terwijl hij een vinger in mijn tweede knokkel drukte.

Ik moet gespannen zijn geweest, want ik hoorde hem zuchten.

Zijn uitademing was diep genoeg om mijn rug te strijken en me te laten huiveren.

'Ik zal dit voor je doen, Erika. Wees een braaf meisje en werk mee.'

Ik liet mijn eigen adem los en probeerde te doen wat er gevraagd werd.

Ik was een nerveus stel dat gek werd en niet meer wist wat ze moesten doen.

Het hielp toen onze gast over mijn rug streelde.

Ik pakte haar dijen en herinnerde me dat ik nu mijn handen kon gebruiken.

'Mond open, Erika.'

Ik gehoorzaamde en voelde die zachte eikel tussen mijn lippen gedrukt.

Hij ging niet helemaal naar binnen, maar hij sloeg nog steeds afstandsschoten.

Het was genoeg om me bezig te houden.

Tenminste tot Ben's vinger dieper in mijn kont ging.

Ben bleef zachtjes knijpen, trok het af en toe naar buiten, nam meer van mijn vocht op en wreef tegen mijn clitoris.

Nadat hij zijn vinger een paar keer helemaal in mijn anus had geschoven, trok hij hem langzaam terug en voegde een tweede vinger toe.

Ik kneep mijn ogen samen tot ik kleine dansende sterren zag.

Het leek alsof we elke keer dat we anaal deden, het deden alsof we het nog nooit eerder hadden gedaan.

Zou het niet gemakkelijker moeten worden naarmate je het vaker hebt gedaan, zoals normale seks?

Toen zijn vingers verdwenen en hij bij me wegliep, trok de ander zijn pik uit mijn mond.

Toen legde onze gast het in mijn hand en legde mijn voorhoofd op zijn dij.

Ik hoorde de klik van een plastic dop, nog een klik en nog een klik.

Toen bedekte een koude dikke substantie mijn kont.

Ben spreidde het uit voordat hij zijn vingers weer in me stak.

Nog een paar klappen en toen trok hij zich weer terug.

'Haal diep adem, schat. Nog een. Braaf meisje.'

De plastic dop ging weer open en er waren meer slipgeluiden: het glijmiddel uit de fles en hij heeft hoogstwaarschijnlijk zijn staart met het glijmiddel bedekt.

Hij drukte een hand tegen mijn onderrug en duwde hem naar beneden.

Dan zei hij:

"Blijf stil".

Ik slaagde erin om mijn knieën onder me te spreiden en wat verder voorover te leunen.

Onze gast legde zijn handen onder mij en streelde mijn borsten.

Ik was dankbaar voor de afleiding toen Ben dat moment koos om de punt van zijn pik in mijn kont te duwen.

HOOFDSTUK VIII

Ik hapte naar adem, herinnerde me mijn ademhaling en maakte de greep van de haan in mijn hand los toen ik de eigenaar hoorde kreunen.

Ik wist niet zeker of ik hem pijn had gedaan of dat ik opgewonden was toen ik Ben in mijn reet zag komen.

Ik ging een beetje rechtop zitten toen Ben onder me gleed en harder tegen mijn achterdeur duwde.

We zuchtten samen toen mijn sluitspier ontspande en de punt naar binnen gleed.

We bewogen geen van beiden even, maar onze gast hield nog steeds mijn borsten vast en Ben greep nu mijn heupen.

'Mag ik doorgaan, Erika?'

Ik slikte en slaakte een trillende zucht.

"Als ik liefheb."

Gedurende de volgende twee minuten gleed het dieper naar binnen en kwam er een beetje uit tussen elke stoot.

Toen hij helemaal in me zat, masseerden zijn vingers mijn heupen.

Ik ging even tegen hem in om aan de invasie te wennen.

'Je hebt zo'n mooie kont, Erika. Je zou eens moeten zien hoe geweldig mijn penis erin zit.'

Mijn hijgen werd onderbroken toen mijn hoofd op de pik van de vreemdeling werd gedrukt.

Ben koos dit moment om te verhuizen.

Toen kneep hij van achteren terwijl ik aan de kloppende staaf zoog die van onderaf in mijn mond werd geduwd.

Ik heb geen idee hoe lang Ben mijn kont neukte en hoe lang ik onze gast een pijpbeurt heb gegeven.

Ik denk dat Ben degene was die mijn vlecht pakte omdat mijn hoofd achterover was.

Tegelijkertijd hield onze gast mijn hoofd stil en stak zijn pik in mijn mond.

Het voelde als een bloederig touwtrekken, en ik was het touw dat heen en weer werd geduwd en getrokken.

Maar ik heb er van genoten.

Het enige dat het beter zou hebben gemaakt, zou zijn als Ben in mijn poesje was geweest.

Maar de onderdanige kan niet kiezen.

Op een gegeven moment realiseerde ik me dat beide mannen stil waren geworden.

Ze hielpen me rechtop te komen en bewogen me zodat ik niet meer knielde, maar op Bens schoot zat.

Het was een heel vreemd gevoel om zijn lul nog steeds in me te hebben begraven toen hij ging liggen en me met zich mee trok, zodat ik op mijn rug op mijn buik lag.

Het was ongemakkelijk, maar mijn lichaam verlangde naar iets meer.

Ben's handen vervingen die van onze gasten op mijn borsten.

Ik ontspande me nog meer toen zijn ademhaling mijn nek verwarmde, me kalmeerde en zijn vingers met mijn tepels speelden.

'Erika, je doet het goed.' Hij kuste mijn wang. 'Nog een klein beetje baby. Blijf zo ademen, wat er ook gebeurt. Andrew zal aardig zijn. Geloof me.'

Ah, nu had hij een naam voor de mysterieuze gast.

Maar toen herhaalde Bens woorden zich in mijn hoofd.

Welk vertrouwen wat?

Wat zou hij doen ...?

Oh!

HOOFDSTUK IX

Andrew koos dit moment om zijn pik tegen mijn clitoris te wrijven.

Ik sprong en de pik in mijn kont sprong ook, waardoor ik naar adem snakte.

Andrew streek met zijn vingers over mijn lippen, drong in mijn vagina en verspreidde mijn vocht.

Ik twijfelde toen.

Wat dacht hij in godsnaam?

Fantasieën hebben deze naam niet voor niets.

Misschien moet ik ze zeggen dat ze moeten stoppen.

Misschien...

Omdat Andrew mijn gedachten niet kon lezen, zette hij de show voort en drong tegen me aan.

Ik wist hoe Ben zich voelde, voor de korte tijd die hij nodig had om zijn 15 cm grote lul terug in me te laten glijden.

Jammerde ik.

Het kostte Andrew meer tijd om binnen te komen, ook al was ze nat.

En het voelde groter en rekte me meer uit.

Om nog maar te zwijgen van de volheid die het voelde in mijn maag toen ik vol zat in beide gaten.

Terwijl hij het in mijn ballen stopte, stopte Andrew en ik voelde de hitte van zijn lichaam boven me zweven.

Opnieuw bewoog niemand en ik raakte er langzaam aan gewend aan twee pikken in me te hebben, ondanks mijn twijfels.

Ben zou dat zeker niet hebben geaccepteerd als het gevaarlijk was geweest of als hij Andrew niet had vertrouwd.

Aan de andere kant, gevuld worden met twee pikken en door hen geneukt worden, waren twee verschillende verhalen.

Misschien kan ik erover liegen.

Maar ik voelde me erg goed met de sensaties die het bij me opriep.

'Als je er niet meer tegen kunt, gebruik dan het veilige woord schat. Begrepen?'

Ik hield even mijn adem in en knikte toen.

Ben kneep in mijn tepel.

"Zeg het."

Ik schreeuw.

"Ja meneer, ik begrijp het."

'Braaf meisje. Probeer nu te ontspannen en het gewoon te voelen.'

Daarop liet Ben mijn borst los om mijn kin te grijpen, mijn gezicht van het zijne af te leunen en het tegen zijn schouder te drukken.

Hij knabbelde met zijn lippen, tong en tanden aan mijn nek terwijl zijn andere hand om mijn buik ging en me tegen zich aan trok.

En toen staken zijn heupen me.

Tegelijkertijd leunde Andrew achterover en begon mijn kutje te pompen.

Ik schreeuwde en greep Ben's dijen onder me.

"Verdomme, je bent zo lui!"

Dat waren de eerste woorden die ik uit Andrews mond had gehoord sinds hij de kamer was binnengekomen.

En ze begraven zich precies in mijn hoofd als zijn pik in mijn poesje, dus mijn lichaam reageerde door eromheen samen te trekken.

Hij kreunde goedkeurend.

'Wat ben je een braaf meisje, Ben. Een heel krachtig meisje.'

Ik kon aan zijn accent en de diepe bariton in zijn stem zien dat hij zwart was.

Mijn poesje klemde zich weer om hem heen en ik kreunde.

Ben had niet alleen een betrouwbare vriend gevonden die mijn fantasie over dubbele penetratie deed uitkomen, maar ook een zwarte vriend.

Twee dromen komen tegelijkertijd uit.

Ik had altijd gehoord dat zwarte mannen grotere lullen hadden.

Dat ze grote minnaars waren.

Andrew bewees alleen dat de geruchten waar waren.

God, het voelde zo goed om in mij te pompen.

Maar ik zou Ben nooit inruilen als een meester voor een man.

Het was van hem en we waren allebei gelukkig samen.

Het was een langzaam en moeizaam proces om een goed ritme te vinden.

Ik denk niet dat mijn lichaam wist wat ermee gebeurde.

Ben had eerder buttplugs en vibrators gebruikt, maar met twee echte lullen die in zo'n intieme timing in en uit me bewogen, kon ik geen woorden vinden om het te beschrijven.

Dus ik had gewoon het gevoel dat Ben me dat had verteld.

Op een gegeven moment realiseerde ik me dat er weer iemand met mijn borsten speelde.

Het moet Andrew zijn geweest omdat iemand anders mijn heupen nu vastgreep, en het was waarschijnlijk Ben omdat hij woedend onder me pompte.

Toen lieten ze mijn borsten los en plotseling schoten mijn benen de lucht in.

Andrew hield haar stil met zijn handen onder de achterkant van haar dijen, net boven haar knieën.

Ben nam het over en streelde mijn borsten, kneep en streelde alsof hij maar wist hoe.

Ik had het teruggebracht tot een trage stoot in me, maar Andrew versnelde zijn pas.

Ze voelde zelfs dat hun staarten tegen elkaar aankwamen door het dunne membraan dat de holtes scheidde die hen bedekten.

'Vind je deze Erika leuk? Is dat wat je had verwacht?'

"Oh ja meneer."

Nu huilde ik om het plezier dat door me heen stroomde.

"Wrijf over je clit, schat."

Ik snikte zodra mijn vingers mijn overgevoelige bult aanraakten.

Toen ik ook Andrews harde pik aanraakte, veroorzaakte iets een golf van emoties en gevoelens die klein begonnen maar door me heen rommelden totdat ik hevig beefde en willekeurige vuile woorden schreeuwde.

Beide mannen kwamen naar binnen toen ik uit de afgrond van plezier en pijn strompelde.

Ik draaide me om nadat ze zich van me hadden losgemaakt en hun armen om me heen sloegen terwijl ik me oprolde tot een bal.

Ik deed dit soms als ik bij Ben was en we te dicht bij de rand kwamen.

Maar Ben wist dat hij me niet met rust moest laten.

Nu had ik het het meest nodig.

Toen ik mijn beschermer nodig had

Sterke armen sloten zich onder en om me heen en trokken me zachtjes omhelsd.

Ik huilde terwijl Ben me wiegde en zijn handen mijn huid ontspanden en me kalmeerden.

Het gewicht op het bed veranderde.

Ik hoorde nauwelijks het geluid van Andrew die zichzelf aan het schoonmaken was in de aangrenzende badkamer voordat hij zich aankleedde.

In plaats daarvan vulde het gefluister van Ben mijn hoofd.

Toen hoorde ik in de verte de deur openen en sluiten.

De laatste woorden die ik hoorde voordat ik in slaap viel, waren:

'Ik ben erg trots op je, Erika.'

HOOFDSTUK X

Toen ik wakker werd, was de kamer donker, het verband was weg en mijn verzadigde lichaam was erg pijnlijk.

Ben hield me nog steeds als een lepel tegen hem aan.

Zijn armen en een deken wikkelden zich om me heen terwijl hij zachtjes mijn haar streelde en het van mijn gezicht wegtrok.

"Welkom terug schat." Hij kuste mijn tempel. 'Dat was geweldig. Vond je het leuk?'

Ik huiverde en glimlachte.

'Dank u, meneer. Ik heb er echt van genoten.'

'Nu moet ik beginnen met het plannen van een van mijn fantasieën op basis van die van jou.'

'Ja meneer. Hoe dan ook, het zal zijn wat u wilt.'

Ben draaide mijn hoofd naar het zijne en kuste me diep op de lippen.

"Dit is mijn brave meid"

EINDE

45

SEKSUEEL VERLANGEN

Mijn liefste, ik wil dat je achter je computer gaat zitten en een afbeelding laat zien, een visueel stuk, zoals een poesje.

Niet het gezicht en het lichaam, alleen de knieën gebogen en de benen gespreid.

Met lange en mooie elegante vingers die de vaginale lippen iets van elkaar scheiden.

Stel je voor dat ik naar binnen loop en volledig gekleed aan dit bureau zit.

schoenen met hoge hakken, enkelomslag en puntige neus, aan weerszijden van u.

Jij leunt achterover en glimlacht, en ik leun ook glimlachend achterover.

Ik til mijn dunne, zijdezachte zwarte jurk op en je ziet dat mijn slipje ontbreekt en de glans van mijn nattigheid op mijn spleet al merkbaar is.

Je ziet het puntje van een zwart korset waaraan ook de kousen zijn vastgemaakt.

Ik til mijn jurk met beide handen omhoog, trek hem over mijn hoofd en onthul aan jou het leren korset dat maar een paar centimeter breed is.

Mijn tepels staan rechtop en hoog en steken van bovenaf uit.

Jij leunt naar voren, maar ik ben hier om met je te spelen en ik gebruik mijn puntige schoenen om je te houden waar je bent.

Ik zie een merkbaar groeiende lul die uit zijn broek moet komen en ik vraag je om hem los te knopen.

Ik laat mijn tong langs mijn lippen glijden over hun lengte, glimlachend, terwijl je in je broek naar beneden glijdt.

De kop van je pik steekt uit je boxershort en heeft ook een beetje een veeleisende glans.

Het is zo om een goede reden.

Deze aanblik van je stijve lul windt me plotseling op en ik vraag je om me te likken.

Je leunt naar voren en doet dat, terwijl je mijn lippen een beetje van elkaar scheidt om mijn clitoris te vinden.

Je neemt hem in je mond, zodat hij iets meer naar buiten steekt.

Ik had gewoon die aanraking van je tong nodig om me op gang te krijgen.

Terwijl ik me op mijn gemak voel, vraag ik je om je pik in je andere hand te nemen en hem lichtjes te strelen.

Je doet het, maar ik kan je vertellen dat je meer nodig hebt, dit is niet genoeg.

Ik dwing je om op mijn knieën te gaan om je volledig in mijn mond te nemen, afwisselend likkend van de onderkant naar de bovenkant, van boven naar beneden en terug naar de ballen, waarbij ik de binnenkant van het kruis lik.

Je houdt van wat je ziet als ik kniel, mijn kont is zo dun als een paar centimeter breed en mijn anus is strak en uitnodigend.

Ik sta weer op omdat ik te dicht bij een climax kom.

Ik laat je rechtop staan en je broek zakt tot over je knieën.

Je hebt je schoenen nog aan, je das nog vastgebonden, maar je overhemd helemaal losgeknoopt.

Ik vind het heerlijk om zoveel mogelijk van je huid te zien.

Nu je staat, vraag ik je om je rug naar mij toe te draaien .

Moge je je benen voldoende openen zodat ik achter je kan knielen.

Mijn tong likt je benen, likt je ballen en zelfs het gekraak van je kont, likt en draait mijn tong rond je anus.

Ik haal een vibrator uit mijn tas en vraag of ik hem bij je mag gebruiken, maar voordat je antwoord geeft, leg ik hem tegen je huid.

Met mijn mond laat ik speeksel over je hele kont achter, zodat alles gesmeerd wordt.

Ik zet hem op lage snelheid en laat hem over je ballen en tussen je ballen en je kontgat lopen.

Mijn andere hand gaat tussen je benen en grijpt je pik vast, streelt en waaiert hem uit.

De vibrator voelt lekker aan in je kont.

Ik leg hem naast je anus en schuif een van de twee uiteinden, de dunne, die ook mijn favoriet is.

Deze schuift naar binnen en ik plaats de andere punt meer naar het midden, opnieuw achter je ballen, kijkend hoe de sensatie je naar een ander niveau brengt.

Je handen houden het bureau vast en je ogen zijn gesloten en geven toe aan wat ik wil doen.

Maar ik blijf zo, terwijl ik een beetje streel terwijl je door het geroezemoes je afvraagt wat er daarna gaat gebeuren.

Ik stop abrupt en zeg dat je je moet omdraaien.

Je doet het en je gezicht bloost.

Je genoot hier echt van en kwam dichter bij de staat die je wilde.

Maar ik geef er de voorkeur aan om te vertragen om je terug naar mijn mond te brengen.

Ik ben zo heet als de hel en ik verlies een beetje controle.

Dus laat ik je weer gaan zitten, kniel voor je en vraag je jezelf te strelen, maar langzaam.

"Strel jezelf mijn liefste."

Terwijl ik voor je kniel en op mijn hielen leun.

Ik zet de vibrator aan en wrijf ermee over de buitenkant van mijn vagina, over de clitoris.

Het kost me minder dan een seconde om een orgasme te bereiken.

Ik heb mijn benen en knieën gespreid en ik leun mijn hoofd naar achteren, terwijl ik mijn kutje spreid met mijn handen, zodat je mijn orgasmespieren kunt zien bewegen.

Ik houd de vibrator vast tot ik klaar ben en mijn eigen sappen eruit lopen.

Ik kijk naar je en je masturbeert, waardoor het tempo toeneemt.

Je tempo is versneld en het is zo opwindend dat ik op mijn knieën zit en je smeek om over mijn gezicht en borst te komen.

En jazeker, zo doe je dat.

Ik zie hoe de stralen van jouw melk naar mij toe komen.

Maar uiteindelijk spuit je naar het computerscherm en op het toetsenbord .

We nemen afscheid tot een andere keer en jij zet de webcam uit.

WELKOM VOCHTIGHEID

Glenn komt thuis na een zware werkdag en laat zijn koffertje en jas bij de deur achter.

Hij vindt het ongewoon stil in huis, maar besteedt er niet veel aandacht aan en gaat naar de slaapkamer.

Terwijl hij de trap oploopt, ruikt hij de heerlijke geur van het parfum van zijn geliefde vrouw Susan.

Wanneer hij de overloop bereikt, hoort hij de zwakke geluiden van muziek die zwakjes door de deur naar zijn kamer ontsnappen.

Hij zorgt ervoor dat hij geen geluid maakt en opent langzaam de deur.

"Susan?" ' Zegt hij met een nogal diepe mannenstem.

Terwijl de deur steeds verder opengaat, doet de aanblik van zijn naakte lichaam dat op het bed ligt hem huiveren.

"Ja schatje." ' zegt ze met zwoele stem.

Hij begint naar het bed te lopen, maar zij zegt dat hij moet stoppen.

Verbaasd doet hij wat hem wordt opgedragen, wetende dat ze iets aan haar hoofd heeft.

Ze stapt uit bed.

Zijn lichaam beweegt met grote gratie.

Hij kan het niet helpen dat hij gefixeerd is op haar heerlijke borst die licht beweegt terwijl ze naar hem toe loopt.

Hij voelt zijn pik verharden terwijl zijn gedachten door hem heen gaan

"Zij is zo mooi".

Ze strekt haar handen uit en maakt zijn riem los.

Ook zijn broek, hij knoopt hem los en laat hem zakken.

Dit doet hem trillen van opwinding.

Omdat ze hem zo opgewonden ziet, glimlacht ze en trekt zijn boxershort naar beneden met een hongerige behoefte om aan zijn harde lid te zuigen.

Ze legt zachtjes haar handen op zijn nu stijve pik en streelt hem langzaam.

Vervolgens steekt hij zijn tong uit en likt het hoofd voordat hij het in zijn mond stopt.

Hij kreunt terwijl ze aan zijn harde pik begint te zuigen.

Het beweegt het steeds sneller in en uit zijn mond.

Dan keert hij langzaam terug naar een laag tempo en draait zijn tong rond het hoofd terwijl hij het met zijn hand streelt.

Hij kreunt terwijl haar hand de roze eikel van zijn pik streelt.

Dan likt ze zijn ballen tot aan het puntje van zijn pik.

Ze haalt het uit haar mond en staat op om hem hartstochtelijk te kussen terwijl ze zijn shirt uittrekt.

Hij slaat zijn warme armen om haar heen, trekt haar dichter naar zich toe en voelt haar borsten tegen zijn borst gedrukt.

Terwijl ze kussen, glijden zijn handen langs haar lichaam en voelen haar zachte huid onder zijn vingertoppen.

Zijn handen bewegen over haar kont en hij knijpt er hard in.

Hij tilt haar op bij de kont, slaat haar benen om zijn middel en loopt richting het bed.

Hij legt haar zachtjes neer en gaat bovenop haar liggen.

Hij kust haar diep, tot aan haar nek en borst.

Hij likt langzaam rond haar rechterborst en komt dichter bij haar nu stijve tepel.

Hij plaatst haar tepel in zijn mond en zuigt erop, waarbij hij er zachtjes op bijt.

Hij gaat naar de andere borst, reikt naar beneden en begint over haar clitoris te wrijven, waardoor ze sneller gaat ademen en lichtjes begint te kreunen.

Hij wrijft sneller terwijl hij haar buik kust, waarbij hij zich op haar navel concentreert.

Ze voelt dat ze erg nat wordt en haar ademhaling versnelt.

Hij kust haar schattige heuveltje en vervangt dan zijn vingers door zijn tong.

Zachtjes zuigen en bijten op haar clitoris.

Dit stuurt haar op een golf van plezier, kreunend.

Dan steekt ze een vinger in die langs haar gezwollen schaamlippen naar die geheime, gladde plek gaat.

Hij schuift zijn vinger langzaam naar binnen en naar buiten en steekt dan snel een andere vinger in terwijl ze kreunt.

Hij blijft zich concentreren op het zuigen aan haar klitje, terwijl zijn vingers die speciale plek in haar raken waarvan hij weet dat ze er helemaal gek van wordt.

Ze kreunt luid en voelt een tintelend gevoel van haar rechterbeen omhoog en rond haar lichaam en naar haar linkerbeen.

"Oh baby!" ze kreunt: "Dat voelt zo goed!"

Glenn weet dat als hij dit volhoudt, ze zeker over de rand zal gaan, dus gaat hij langzamer rijden en kust haar een weg terug om haar mond te verslinden.

Ze delen een hartstochtelijke kus.

Hun tongen dansen samen.

Hij haalt zijn vingers uit haar inmiddels doorweekte kutje en begint haar rechterborst te masseren.

Haar gekreun onderdrukt door de kussen.

De kus breekt en ze fluistert in zijn oor:

"Ik heb je in mij nodig, schat."

De vermelding van zijn harde pik die in het natte poesje van zijn geliefde glijdt, doet hem grommen van lust en hij beweegt bovenop haar.

Hij spreidt haar benen met zijn heupen en positioneert zichzelf om haar binnen te gaan.

Hij speelt ermee, steekt alleen het hoofd in en trekt zich dan langzaam terug.

"Geef het mij alsjeblieft allemaal." Ze smeekt hem, maar hij heeft de overhand en houdt het tempo van het spel bij. Hij steekt alleen de punt in en trekt hem terug als ze begint te kreunen.

Eindelijk, op een onverwacht moment, drijft hij zijn harde lid helemaal naar binnen om haar te laten gillen.

Hij begint langzaam met lange, harde slagen in en uit haar te duwen.

Hij begint harder en sneller te strelen en trekt aan haar kont voor diepere penetratie.

"Oh God, je voelt je zo goed in mij. Ik hou zoveel van je als je mijn poesje neukt."

Hierop gromt hij en trekt zich plotseling terug.

Hij gebaart dat ze zich moet omdraaien en dat doet ze snel met een sprongetje van opwinding.

Hij weet dat haar van achteren betreden een van haar favoriete standjes is en hij geeft het haar ook graag op die manier.

Hij steekt zijn pik in haar en begint hard en snel te stoten.

Ze kreunt luid en zegt het hem nog luider.

Hij houdt ervan om zijn lieve vrouw te neuken, dus hij begint ruiger tegen haar te worden.

Zijn lichaam en ballen sloegen tegen haar nu rode kont.

Ze begint zich terug te duwen in zijn stoten, waardoor zijn pik nog dieper naar binnen dringt.

Ze kreunen allebei van plezier.

"Oh, ik ga klaarkomen, schat. Ben je klaar voor mijn klaarkomen?"

"Oh ja schat, ik ga ook klaarkomen."

Nog een paar slagen en Susan schreeuwt van plezier en haar lichaam begint te trillen terwijl haar orgasme haar overweldigt.

Glenn voelt dat de wanden van haar kutje zijn pik beginnen te melken en hij kan er niet meer tegen.

Hij gromt haar naam en schiet zijn hete sperma diep in haar nu romige en natte kutje.

Susan, uitgeput door zijn explosie, leunt op haar ellebogen terwijl ze voelt dat hij nog een paar straaltjes sperma in haar spuit.

Tevreden, en proberend niet bovenop haar te vallen, trekt hij zich langzaam terug uit haar kutje , pakt haar bij haar middel en trekt haar mee op bed.

Ze kijken elkaar in de ogen, beide vertroebeld door de krachtige orgasmes die zojuist enkele seconden geleden door hun lichaam waren gegaan.

Een voldoening van wederzijdse kennis blijft in de kamer hangen terwijl de twee in elkaars armen in slaap vallen.

GEKLED VOOR DE GELEGENHEID

De stilte van de nacht omringde haar en drukte met zijn sereniteit op haar, in een poging haar angst te kalmeren.

Dat kon haar echter niet kalmeren.

Ongebreidelde gevoelens die ze niet gewend was en nog nooit eerder had ervaren , stroomden door haar lichaam en maakten haar zenuwachtig.

Haar hakken klikten zachtjes over het verharde pad terwijl ze naar de lucht keek.

Waarom ga je daar vanavond heen?

Waarom had ze zich zo gekleed?

Ze voelde de macht die zijn blik over haar had.

Ze zuchtte en liet haar geest stoppen met denken aan de gebeurtenissen die vanavond zouden kunnen gebeuren.

* * *

Het voelde alsof alle ogen op haar gericht waren toen ze het pand binnenkwam.

Haar stiletto's klikten tegen de hardhouten vloer toen ze de dansvloer overstak en naar de bar liep.

De rok van haar rood-zwarte outfit zwaaide bij elke stap heen en weer, waarbij de rode streep tegen haar knie vloeide terwijl de zwarte een paar centimeter erboven rustte.

De blouse hing losjes over haar schouders en langs haar borsten, en stuiterde net genoeg om de aandacht te trekken bij elke stap die ze zette, en liet een royale hoeveelheid huid zien.

En zonder bh.

Ze wist hoe ze eruitzag in deze outfit.

Ze zag eruit als een slet.

Ze maakte de look af met een zwarte kanten choker om haar nek en een vleugje rode lippenstift.

Hij zat tussen een man en een vrouw in en glimlachte naar de ober.

"Hallo James."

'Samy. Het is goed je weer te zien.' Hij liet zijn ogen langzaam over haar gezicht en borsten glijden. 'Heel goed zelfs. En voor wie is de gelegenheid?'

Ze schudde haar hoofd en glimlachte, waardoor een lok krullen over haar oor viel.

'Er is geen gelegenheid voor. Ik had gewoon zin om me zo te kleden.'

Hij reikte over de bar en stopte de krul achter haar oor.

Zijn vingers streken langs de zijkant van haar wang en ze vergat bijna hoe ze moest ademen.

'Je zou je vaker zo moeten kleden.'

"Misschien zal ik."

'Ik kom vanavond rond elf uur van mijn werk af. Wil je daarna dansen?'

Ze knikte langzaam, niet in staat haar blik van de zijne af te wenden.

Met heel langzame precisie leunde hij over de bar en bracht zijn lippen naar de hare, waardoor de kus net genoeg werd verdiept om haar naar meer te laten verlangen voordat hij zich terugtrok.

"Ongeveer twintig minuten."

* * *

Die twintig minuten hadden nog nooit zo lang geleken in Samy's leven.

Ze keek voortdurend naar alles om haar heen, zich bewust van elke beweging die hij maakte, zonder zelfs maar naar hem te kijken.

Het was alsof haar zintuigen op haar lichaam waren afgestemd, maar ze sprong nog steeds toen hij haar achter op de schouder aanraakte.

Hij had de kraag van zijn zwarte overhemd losgeknoopt en glimlachte naar haar terwijl hij zijn hand uitstak.

'Ik denk dat je mij een dans schuldig bent.'

Toen ze haar hand in de zijne legde, was het alsof er een kleine elektrische schok door haar lichaam ging.

Hij glimlachte terwijl hij haar naar een hoek van de dansvloer leidde en trok haar toen dicht bij zijn lichaam toen het lied veranderde.

Het was langzaam en verleidelijk, en zijn ritme leek overeen te komen met haar hart terwijl ze tegen hem aandrukte.

En zomaar was ze zich scherp bewust van de harde contouren die tegen haar zachte lichaam golfden.

Ze sloeg haar armen om hem heen en drukte haar handen tegen zijn zachte achterste rondingen terwijl ze heen en weer zwaaiden.

Hij boog zich voorover en drukte zijn lippen tegen de hare, spreidde ze zachtjes en verleidde haar met zijn tong.

Zijn hand gleed lager over haar rug, rustend op haar heup, gleed laag genoeg om één wang van haar kont te strelen terwijl hij haar onderlichaam tegen de zijne trok.

Ze hapte naar adem toen ze voelde hoe hard hij echt tegen haar aan drukte en ze had kunnen zweren dat ze hem hoorde kreunen.

Maar net toen hij dat deed, riep de andere ober naar hem en hij zuchtte en liet zijn hoofd achterover hangen.

'Samy... ik ben zo terug. Ik zweer het. Ga nergens heen.'

Ze knikte enigszins dwaas terwijl ze wegliep van de dansvloer en een afgelegen hokje in liep.

Hij keek toe hoe James terug de bar in liep en zich weer over hem heen boog, terwijl hij met Joseph praatte.

Joseph was de vervangende barman voor die avond.

Hij nam het altijd over als James met pensioen ging.

Toen hij een lange, langbenige blondine zich bij hen zag voegen, besefte hij iets.

Zo'n soort meisje was zij niet.

Ik had geen idee wat ik aan het doen was.

James was het soort man dat altijd een meisje beschikbaar had, een lang, blond, super sexy meisje.

En ze was klein, donker en Latina.

Ze vertrok rennend.

Zo snel en stil als hij kon.

Hij liep richting de deur en toen hij over zijn schouder keek, zag hij de blondine dicht bij James leunen en haar vingers over zijn arm strijken.

Ze zuchtte en schudde haar hoofd terwijl ze haar weg vervolgde.

Het zou niet goed zijn om erbij stil te staan en erover na te denken.

Haar voeten begonnen pijn te doen door haar hielen, dus trok ze ze uit en stapte weg van het geplaveide pad, terwijl ze zich door haar voeten naar de rand van de rivier liet leiden die ze zo goed kende.

Hij stak zijn voeten in de oever van de rivier en keek een hele tijd naar het water.

"Wat dacht ik?" Eindelijk mompelde ze.

"Dat is wat ik graag zou willen weten."

Ze schreeuwde bijna toen ze zich omdraaide.

James stond achter haar, de armen boos over elkaar geslagen en fronsend.

Maar de frons maakte langzaam plaats voor een blik van verwarring en bezorgdheid.

'Samy, je huilt. Wat is er aan de hand?'

Ze keek van hem weg en stak de rivier over naar de andere met gras begroeide oever.

'Ik had het niet moeten doen. Ik had vanavond niet zo gekleed naar de bar moeten komen. Ik had niet moeten denken dat ik een kans had.'

"Samy, waar heb je het in vredesnaam over?"

Hij liep naar haar toe en legde zijn hand op haar schouder.

Ze beefde, ze had het koud.

Hij trok haastig zijn jas uit en drapeerde die over haar schouders, terwijl hij achter haar aan liep om haar armen te wrijven.

'Je zag er prachtig uit daarbinnen. Ik denk dat ik vergat hoe ik moest ademen toen je binnenkwam.'

"Ik heb de vrouwen gezien met wie je normaal gesproken omgaat. Ik ben niet zoals zij, James. Ik ben niet elegant of supersexy. Ik ben niet blond, of lang, of lange benen, of heb een perfect lichaam. zoals zij. Ik heb daar geen oplossing voor . Ik wist niet eens wat ik deed.' Ze eindigde fluisterend.

'Echt waar? Je had me daarbinnen voor de gek kunnen houden.'

Hij draaide haar naar zich toe, leunde naar voren en drukte zijn lippen tegen haar nek.

Ze huiverde.

"Je lichaam voelde perfect aan toen je me tegen je aan drukte op die dansvloer."

Hij strekte zijn hand uit en pakte haar borst vast, waarbij hij de omtrek van haar tepel door haar blouse trok.

Het deed haar een beetje huiveren.

"Ze leken zeker te weten wat ze wilden doen toen we elkaar kusten en aan het drukken waren."

Hij boog zich over haar heen en dwong haar naar beneden te gaan totdat ze op de grond lag.

'Laat me je laten zien, Samy. Laat me je laten zien dat je meer bent dan je denkt.'

Zijn lippen gleden langs de hare voordat ze langs haar nek naar beneden gleden en over de dunne blouse die haar borsten bedekte.

Haar adem stokte in haar keel toen zijn lippen eerst de ene tepel vonden en daarna de andere, en er langzaam aan zoog terwijl ze zich in zijn aanraking boog.

Zijn vingers vonden behendig de zoom van haar overhemd en begonnen het langzaam omhoog te trekken, terwijl ze haar huid plaagden toen deze zich openbaarde.

Hij tilde hem langs haar borsten en hield hem net boven hen terwijl hij haar rechterborst kuste en haar huid proefde.

Ze kreunde toen James eindelijk zijn lippen naar de top van haar borst bracht, de tepel tussen zijn tanden nam en er zachtjes aan trok voordat hij erop zoog.

Ze kreunde nog luider toen zijn hand haar andere borst begon te kneden, terwijl hij zijn handpalm herhaaldelijk over haar tepel rolde.

"Zie je?" Hij ademde tegen haar huid. "Jij bent de perfecte vrouw".

Op weg naar beneden begon hij haar te kussen , waarbij hij met zijn tong cirkels rond haar navel trok.

James glimlachte naar haar terwijl hij haar rok pakte en in plaats van hem naar beneden te trekken, duwde hij hem omhoog.

De voorkant vouwde naar achteren en het volgende moment plaatste hij zachte, speelse kusjes langs haar hete heuveltje boven haar slipje.

Ze was al nat.

Ze voelde hem door haar slipje terwijl hij zijn neus tegen haar wreef.

Ze beefde onder hem en hij streelde zachtjes haar vingers op en neer terwijl hij zijn tanden gebruikte om haar slipje naar beneden te laten glijden.

Hij kuste haar opnieuw, zonder enige barrière tussen zijn lippen en haar kutje.

Hij begon zijn tong langs haar spleet te laten glijden en zij kreunde, haar heupen wild gebogen zodat hij zijn tong diep in haar drukte en hem over haar clitoris trok.

Samy kreunde en boog zich tegen zijn tong, terwijl het genot door haar heen stroomde terwijl hij met zijn tanden langs haar klitje streek en een vinger in haar liet glijden.

'Ik heb gelogen,' ademde hij tegen haar klitje. "Ik vergat niet alleen hoe ik moest ademen."

James zoog zachtjes op haar klitje, terwijl zijn vinger in en uit haar strakheid pompte.

'Ik kwam bijna in mijn broek, alleen al toen ik naar je keek.'

Haar vingers grepen zijn haar vast, en hij glimlachte tegen haar kutje terwijl hij een tweede vinger in haar liet glijden, herhaaldelijk met zijn tong over haar klitje glijdend totdat haar lichaam trilde onder zijn mond.

Zijn vingers streelden haar, in en uit, haar opgewonden, haar lichaam overhalend om te reageren totdat ze tegen zijn hand en tong wiegde.

'James,' haar stem haperde bijna terwijl hij in zijn hand kronkelde. "Alsjeblieft, stop nu niet!"

Zijn woorden klonken op een zachte, wetende toon, maar werden al snel luider terwijl ze schreeuwde van plezier.

Hij beet zachtjes op haar klitje en zoog er nu hard op, terwijl zijn vingers hard in haar duwden om haar hoogtepunt te bereiken.

Hij likte gretig haar sappen op en toen het trillen van haar lichaam afnam,

Toen hij klaar was, ging hij boven haar staan.

Hij glimlachte en legde zijn voorhoofd tegen het hare, terwijl hij zijn lichaam tegen het hare liet strijken terwijl hij in haar ogen keek.

'Ik zei toch dat jij net zo'n vrouw bent als zij, zo niet nog meer.'

Zijn ogen flitsten met iets wat op twijfel leek toen hij in James' ogen keek, maar toen liet hij zijn vingers over zijn borst glijden naar de harde bobbel in zijn broek.

'Heb je het daarom zo moeilijk?

Omdat ik een vrouw ben zoals zij?"

Haar vingers gleden op en neer langs zijn pik, en hij kon de kreun niet onderdrukken die langs zijn lippen gleed.

Hij had echter geen kans om te reageren toen haar lippen de zijne vonden en alle gedachten uit zijn hoofd werden gewist.

Haar vingers gleden naar zijn borst en behendig begon ze zijn overhemd los te knopen.

Ze trok hem snel uit zijn broek en duwde hem opzij terwijl ze zijn shirt helemaal uittrok.

De knoop van zijn broek rukte open en de rits gleed bijna vanzelf weg.

Ze trok zijn broek en boxershort ver genoeg naar beneden om zijn pik vrij te maken, sloeg haar kleine hand eromheen en streelde hem langzaam zodat hij kreunde en zichzelf gretig tegen haar hand drukte.

Hij kreunde geïrriteerd en stond op, trok in één beweging zijn broek en boxer uit en draaide zich naar haar toe.

Ze zat nu op haar knieën en glimlachte naar hem terwijl ze opnieuw haar hand om hem heen sloeg.

Hij boog zich over haar heen, streelde haar langzaam en sloot zijn ogen.

Het volgende moment spreidde hij ze echter terwijl haar lippen zich om zijn pik wikkelden en ze langzaam op en neer langs zijn harde lid bewoog.

Hij legde nu zijn handen op de achterkant van haar hoofd en begon haar langzaam in en uit haar mond te duwen, kreunend terwijl ze hem bij elke beweging zoog.

Het duurde niet lang voordat de zachte bewegingen snel en kort werden. Samy zoog hem harder naarmate hij zijn hoofd sneller bewoog.

Haar hand streelde zijn ballen en rolde ze heen en weer terwijl haar mond zich om hem heen klemde.

Toen ze met haar tong op de kop van zijn pik speelde, explodeerde hij in haar mond.

Ze slikte snel terwijl hij zijn lading naar haar toe stuurde en haar mond en keel tegen zijn pik drukte, waardoor hij nog harder en met meer uitbarstingen klaarkwam, totdat hij uiteindelijk zichzelf uitputte.

Ze liet de pik langzaam uit haar mond glijden en liet haar blik naar de grond vallen.

Hij viel voor haar op zijn knieën en legde zijn hand tegen haar wang.

Ze waren nog maar een stap verwijderd toen James' vinger de zijkant van haar gezicht bestreek, zijn vinger onder haar kin doopte en haar ogen naar de zijne opsloeg.

"We zijn nog niet klaar."

Zijn stem was zo laag dat er rillingen over haar rug liepen terwijl ze hem verbaasd aanstaarde.

Hij leunde naar voren en drukte zijn lippen tegen haar aan, waardoor de kus snel dieper werd.

Terwijl zijn tong langs haar lippen gleed, gleed een hand achter haar en trok haar tegen zich aan zodat ze van vlees tot vlees waren.

Haar tepels drukten gelukzalig tegen zijn borst, en zijn nieuwe erectie drukte hard tegen zijn onderbuik.

Ze bewoog zich en wreef langzaam met haar lichaam langs hem heen, waardoor hij kreunde toen hun kus koortsachtig werd.

Hij legde haar weer neer en schoof haar rok langs haar benen.

Hij keek haar lang aan voordat hij zich bewoog.

Hij boog zich weer over haar heen en plaatste een lichte kus op haar buik, net boven haar navel.

Hij glimlachte tegen haar warme huid en begon haar naar boven te kussen, waarmee hij zijn eerdere daden ongedaan maakte.

Zijn lippen plaagden nauwelijks tegen haar borsten voordat ze zich in haar nek nestelden en haar hartslag streelden.

Hij klopte tussen haar benen, zijn lid drukte tegen haar natte spleet terwijl ze haar benen om zijn middel sloeg en hij zijn armen om haar heen sloeg.

In één snelle beweging zat James bij haar op zijn schoot en, als dit mogelijk was, drukte hij zijn pik nog verder in haar.

Ze kronkelde een beetje en hij kreunde.

Hij kuste haar tot hij net onder haar oor reikte en zachtjes aan haar oorlel trok.

"Zeg eens, Samy, wil je het?"

Zijn adem voelde heet tegen haar huid en ze huiverde.

"Wil je dat mijn grote, harde pik in je begraven wordt?"

Samy's reactie klonk bijna als een kreun terwijl ze zichzelf tegen hem aan wreef.

'Ja. Alsjeblieft, James, ik wil dit sinds...' maar ze stopte snel, nog steeds met een blos op haar wangen, en keek weg.

James had daar geen idee van.

Hij dwong zijn blik terug naar de hare en liet zijn erectie tegen haar rusten.

'Maak af wat je zei.'

Ze kreunde en haar nagels groeven lichtjes in zijn huid.

'Dit wil ik al sinds ik je ontmoette.'

'Vertel me dan hoe graag je het wilt.'

Het was geen eis, meer een verzoek terwijl hij zijn vingers over haar borsten liet glijden en langzaam haar vlees kneedde.

Hij voelde haar hitte tegen zijn pik uitstralen, en hij deed er alles aan om hem niet zomaar weg te gooien en te pakken.

Haar reactie verraste hem en verbrijzelde alle zelfbeheersing die hij had gebruikt.

'Ik wil het niet. Ik heb het nodig, James.'

Haar ogen waren nu op de zijne gericht en hij kreunde zachtjes tegen haar huid terwijl ze zichzelf steviger aandrukte.

"Ik heb het zo hard nodig, ik heb er zo lang van gedroomd. Alsjeblieft. Ik wil dat je me neukt."

Dat kon ik hem niet meer ontzeggen.

Daarna kon hij zich niet langer inhouden.

Hij tilde haar op totdat de eikel van zijn pik tegen haar opening werd gedrukt en liet hem toen snel op haar vallen.

Ze kreunden allebei.

Haar kutje zat zo strak om zijn pik dat toen hij haar op en neer begon te bewegen op zijn lid, zijn harde lengte nog groter leek in haar ingekapseld.

Ze kreunde en gebruikte haar benen als hefboom en begon op zijn pik te stuiteren.

Haar borsten stuiterden vrijelijk tegen hem aan en haar tepels lonken naar hem terwijl hij naar voren leunde en begon te zuigen.

Ze kreunde en begon sneller op zijn pik te stuiteren, terwijl ze zichzelf keer op keer duwde.

Zijn lippen plaagden haar tepels, trokken ze naar binnen en zogen, streek er vervolgens met zijn tong overheen en knabbelde terwijl ze heen en weer wiebelde , kreunend tegen haar huid en trillingen door haar beten stuurde.

Haar kutje was zo nat dat het vocht langs zijn pik liep, en hij kreunde toen ze opzettelijk haar spleet om hem heen klemde, waardoor hij zich nog meer tegen haar verzette.

Hij hield ze allebei schuin zodat ze weer op haar rug op het gras lag en begon zijn pik hard in en uit haar te rammen.

Samy kreunde nog luider, haar nagels harkten haar terug terwijl een nieuwe harde stoot haar terug naar haar hoogtepunt bracht.

De strakke kramp rond zijn pik zorgde ervoor dat James ook snel klaarkwam en hij ramde nog sneller tegen haar aan, grommend terwijl zijn hete sperma haar vulde totdat het langs haar dijen stroomde.

Hij viel opzij en hijgde.

Vervolgens trok hij haar naar zich toe en plaatste zachte kusjes op de zijkant van haar gezicht.

'Zal het nog vijf jaar duren voordat je dapper genoeg bent om dit nog een keer te doen?'

Hij glimlachte en kuste haar mondhoek.

'Nooit, James.'

Samy glimlachte en drukte haar lippen tegen de zijne.

'Mooi, want ik denk niet dat ik langer dan een dag of twee mijn handen van je af kan houden.'

Samy's gelach galmde over het meer en James glimlachte terwijl hij rechtop ging zitten en haar diep kuste.

Dit zou zeker het begin kunnen zijn van iets heel interessants.

9 798224 308552